途經一座流光嶼

迷花鹿

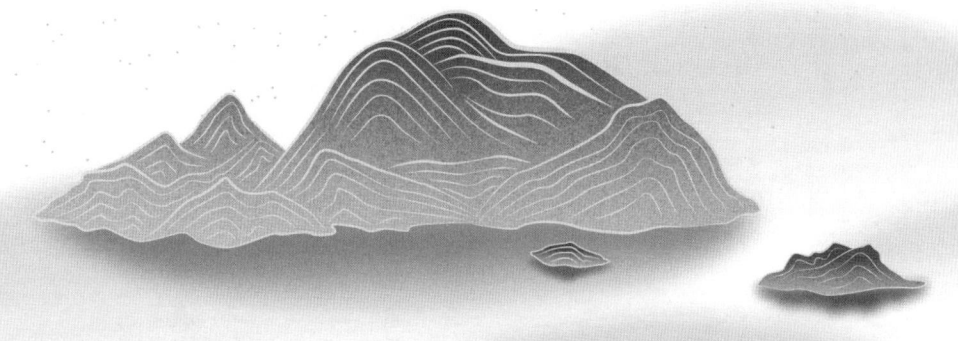

目錄

推薦序　以生命的樂音敲響：《途經一座流光嶼》　方群

推薦序　寫詩是一種職業，愛詩是一種生命態度　張玉明

推薦序　以文會友，靜女其姝　梁淑媛

序　途經一座流光嶼

輯一

031　〈黑洞書〉
034　〈賴與不賴〉
038　〈午夜場〉
042　〈廣場邊界〉
044　〈看不見的城市〉
046　〈名畫物語〉
050　〈春行街道〉
052　〈山經〉
056　〈探滿月圓〉
058　〈野柳〉

062 〈嘉明湖之春〉

064 〈地牛殺〉

067 〈雨中街燈〉

068 〈林園記憶　三首〉

074 〈南藝四帖〉

輯二

083　〈最後——獻給末日〉
086　〈清明狂想〉
088　〈春雨夢迴——致歲月〉
092　〈三角關係〉
094　〈晚霞時刻表〉
096　〈午夜網上〉
098　〈雨落嘉南〉
100　〈老街初晴〉
102　〈推理小說〉
106　〈候車亭〉

107 〈每月特調〉
108 〈流蘇〉
110 〈阿勃勒〉
112 〈春日油彩〉
118 〈何物〉

輯三

123 〈深夜DJ〉
125 〈創作者〉
128 〈衣魚〉
131 〈李白亡佚〉
132 〈午後驟雨隨筆〉
134 〈南瀛方誌〉
140 〈詩〉
142 〈詩裔〉
146 〈實驗之作・相反詞〉

輯四

155 〈霧裡觀城〉

158 〈D村的大洪水〉

163 〈雨音〉

164 〈歪腰郵筒的獨白〉

168 〈金魚〉

170 〈失〉

174 〈觀星記〉

178 〈糖砌之城〉

182 〈孤身旅次〉

186 〈我們寫詩消費愛情〉

190　〈宴・遇五帖〉

196　〈家務分工手札〉

200　〈愛情魔藥〉

跋　知音碼頭

推薦序

以生命的樂音敲響：《途經一座流光嶼》

國立臺北教育大學語文與創作學系教授 林于弘（方群）

友文是我少數跨校指導的碩士生，一是因為她就讀的是我的母校——臺北市立大學，二是因為她的研究題目是《白靈新詩形式與表現研究》，三是因為她本身也實際從事創作。於公於私於己於人，這段必須展開的師生情緣，自是必然而然的理所當然。如今她將交出第一本詩集《途經一座流光嶼》，個人有幸可以提早拜讀，故在此提出一二淺見，期與同好分享交流。

詩集內容共分四輯。輯一收錄了地景紀實及虛擬聯想的空間，包含臺灣南北東西與山海城鄉的旅行記載，例如寫北海岸的〈野柳〉是如此景象：

遇到日光便益加湛藍
那海,千億年前的呼喚
向我,揮舞著流暢的裙襬
在礁岩,如此輕曼

至於寫阿里山的〈山經〉則用這般筆法:

百年巨龍盤山而上
蒸氣鳴笛起霧
伐木丁丁的過往
僅剩車輪轆轆
我們日以繼夜

跟隨風兒起舞

旋轉著腳步

進入，眾神管轄的國度

臺灣的面積雖然有限，但不同的風土人情，也足以表現迥異的區域特色，期待作者在地誌書寫持續耕耘，相信也可以走出一條別出心裁的坦途。

輯二大多是與季節、時間相關的主題，其中尤以「春」為最，不論是〈春日油彩〉「羊蹄甲」的「葉脈是思路／一顆顆急切的心／懸掛樹梢，綠得透明」或是「咸豐草」的「路旁，腳邊／總是沉默的配角／沉默的張開白色航舵／詢問微風的去向」都是很生動細膩的描繪技巧。在時間的細微感觸上，〈晚霞時刻表〉使用前後各七行即景言情的對比，不論是表現及隱藏的均饒富趣味。

十八點零八分
開往大暑的自強號
在第一月臺即將出發
尚未帶著七分紫羅蘭
三分話梅紅的天幕
請盡快暈染臺北這
悶熱龐大的盆地

十九點十五分
開往長夏的平快車
在第二月臺就要開了
還沒擁抱海洋漸層的歸鳥
請盡快收藏

輯三某種程度地透顯作者的創作信仰與態度。例如〈詩裔〉寫到「自倉頡以來／我繼承了牧者衣缽」與「是誰傳下詩人的職業／在掌孤燈的夜裡漂泊」。其中篇幅較長的〈南瀛方誌〉則帶有史詩詠歎的宏大企圖：

東方神州，瀛海記遊
鯨魚在遠方守候，吐出
巨大的夢，擱淺在沙洲
扁舟在內海裡漂流，期盼著
登岸，將故事化為文字
在史冊中璀璨，淹留

一路自沙灘漫向深海
難得湛藍的晚霞

輯四源自人情生活的感悟體會，描寫作者所見所聞所思所感，交織出一幅幅有聲有色的畫面，「談情說愛」的組詩表現特別出色。諧音「艷遇」的〈宴‧遇五帖〉即以飲食巧喻情慾。如「麻辣魚唇」：「噘起魚般柔軟的唇／你輕輕一碰，三秒鐘／就將爐火點燃／麻辣的湯頭於是沸騰」，或是「燕窩」：「半透明的稠狀珍寶就要蒸乾／你的眼神是對活火山／熾熱地覬覦著／我俏麗如燕的／眼窩」的表現方式，不僅有情慾蠢動的暗喻，也將食物名稱（魚唇、燕窩）融入詩作，展現激情卻不露骨的風雅情韻。組詩〈愛情魔藥〉是以八種中藥材的個別特性為本，經由文字與意念的寄託，暗喻愛情關係，其「茯苓」便展現如此的趣味：

在外，你呼風喚雨。但

在內，我親愛的答鈴、

達令，你是乖覺的寵物

臣服於我的腳下

服從我的命令

達令，答鈴，伏令

同音或近音是中文寫作時可以凸顯的一大特性，然此技巧有賴作者的讀寫基本功，友文悠遊於學術與創作，對此自是游刃有餘。至於受到傳統中文教育的薰陶，友文在語言經營與典故運用皆是駕輕就熟，而從事基礎教育的專業背景，也讓她的遣詞用字相對平易清新。至於深刻多面的觀察，以及表象之外的反思體驗，也是她詩作表現的一大強項。作為個人的首唱，如此寬廣面向與藝術淬鍊，在在都證明這是一位值得肯定與期待的未來之星。

大部分的現代詩創作者對於音韻格律往往多所摒棄，這也導致新詩的讀寫疆域日益萎縮，友文除了具備文字創作的能力之外，對於古箏演奏也有經年累月的鑽研且著力甚深，相較於其他「不解音律」的作者，她在詩作形式與內容的安排對應，

也可以看見更多的建構巧思。

十年前的今日,一樣的颱風前夕,友文在碩論謝辭寫著:「當研究生的日子是一場旅程,過程中充滿未知與驚奇。」十年後的今日,一樣的颱風前夕,友文離開了新北又回到新北,也繼續在文學與音樂間悠遊,有些改變的其實沒變,而有些沒變的卻已經滄海桑田。人生其實是一場或長或短或遠或近的抉擇旅程,有些我們規劃好的,可以按部就班;但也有些意料之外的驚喜或驚嚇,也是旅程中不可或缺的養分。所有的結果,也許在開始時就已經埋下伏筆,驀然回首,也就不再驚訝這些預料之外的偶然。沒有寫詩也許不會失去什麼,但有寫詩一定不會失去值得終生品味的記憶夢想,在《途經一座流光嶼》的文字漫遊後,有些依然堅持的夢想,終將在精心巧手的雕琢後綻放屬於自己的光亮。

2024年7月22日 於北師至善樓

推薦序

寫詩是一種職業，愛詩是一種生命態度

廈門工學院副教授　張玉明

生命的長河裡，每一段心情起伏，每一種生活體驗，都是豐沛的素材。而詩人擁有提煉素材化為詩句的能力，期待下一個靈慧有情的人，予以洞察，加以彩繪，互相輝映彼此的人生。

教詩，是另一種層次的幸福。將詩人們的詩句，傳遞給學生們，啟發他們對於美的感受，豐富使用的詞彙與包容度，詩是一扇通往外界的窗，當世界如萬花筒般地流轉，詩句是流淌在心河底，沉澱而溫和、清醒且持續的聲音……

我們看到詩人生機勃發的聯想力,在〈名畫物語〉淋漓盡致的展現;除了在藝術上,在日常生活中,也有她佇足凝望,用心紀錄的角落。〈午後驟雨隨筆〉「是誰,執一竿長篙戳破了金瑤仙池/銀河傾洩,鵲鳥四散」雷雨交加的開頭,峰迴路轉「排水不良的詩詞金句泉湧出來/而那盞清茶仍不受驚擾/八風吹不動」雨過平靜的結尾,詩人自具有此種魔力,擁有自由切換空間與心境的力量。

友文的詩中,常有自然融合古典與現代的足跡。〈南藝四帖〉寫到「是誰,移植了浙江/那夢裡的水鄉/時間的跫音在迴盪」,又有「是誰,又打江南走過/水袖如練,舞步蹁躚/鳳簫吹斷,水雲之間」如此古典溫柔的文字,有一種血脈的承襲,也是文化的延續,娓娓有情不可斷絕⋯⋯

身為教師最頂級的幸福,是在教學生涯裡,看到學生的成長,還有傳承。在板橋高中,我們彼此結下師生的緣;在文學的海洋裡,我們在臉書上互相關懷,

互通消息；而今喜見友文將多年成果集結成詩集，誠心邀請我為她寫序，衷心為她開心，為《途經一座流光嶼》的出版獻上最真摯的祝福。

甲辰年六月二十日，書寫於江蘇省徐州市

推薦序

以文會友，靜女其姝

臺北市立大學中國語文學系教授　梁淑媛

在中語系長廊上常常看見一個身形頎長，身著長裙，氣質十分飄逸的身影，她就是友文。

果真人如其身影，她的文筆極清雅脫俗，帶著她與世諧和，又有一己品味的凝視眼光。友文熱愛彈古箏，穿著漢服、輕梳小髻流蘇長髮，活脫脫是個從古典畫中走出來的女子。

友文憑藉著她的文才、智慧和勇氣，寫下朵朵詩篇，全書透露了她的詩心翩翩。她自詡是從開天闢地，宇宙神話之人倉頡手中傳承而來的詩人，〈詩裔〉這一種詩人傳承的職志，體現在友文的身上，十分令人感動。因為她的身形是如此清瘦，心志卻

如此的崇高開潤。

〈家務分工手札〉描述都會男女愛情詩語的清純欣喜，但卻都被生活食衣住行拖磨的百般無奈，讓人心中烙印惘惘的滄涼深刻。她寫的〈我們寫詩消費愛情〉不時充滿機智幽默的微諷，令人在笑意當中，眼睛含著微潤的淚水。特別令我印象深刻的還有〈宴‧遇五帖〉，不論是麻辣魚「唇」的接吻；燕窩中的「眼窩」眼神；滷味拼盤中收了汁的「舌」與「耳朵」；以及大量輸出掉落的「髮」菜湯……她大玩「身體」詩遊戲，雖然詩中略帶恐怖的情緒，但也令人感受到詩人情感的深刻細膩，與對人性的體察幽微，甚至還帶有黑色的幽默。

這是一本冰心都會女子用既冷靜又浪漫的情思，所寫下的詩集，另外還有旅遊詩及詠物詩，都值得一讀再讀、反覆吟詠。

2024年6月30日

序　途經一座流光嶼

這座極島,是隻鯤鵬
流光四溢,波紋粼粼
森林錯落,陽光斑駁
年歲之河蔓延增長,烙印
詩的花押

奔跑,驚起一灘蛺蝶
鹿的蹄印連綿
踢踢躂躂,步步蓮花
呦呦呼喚,友朋共感
不料指北星辰都迷途

神木下所豢養之文字
是錯誤,還是歸屬?

你來了,只是路過
帶著背包,與強勁緊張的脈跳
燦亮之眼東張西望
但別擔心
候鳥終究會成為留鳥
你,最後,終會留在這座
光影婆娑的
流光島
與我們一起
忘記時間,變老

天河流過，月光如火
深潭的倒影，自憐的水仙
我們飲下記憶的墨水
從筆尖，呼嘯出
遍空的花朵──
那是點點意念，幻化而成
螢火蟲
最後的最後，你的背包裡
收納了一座
飛花自在的流光嶼
和我們一起歌唱
跳躍……

日月遞嬗
呦呦鹿鳴

輯一

〈黑洞書〉

你的眼裡住著一座黑洞
吸進星子熠熠的光芒
將我的快樂與悲傷
都熔進無境的墳場

有人說,那像是熬夜人的眼
或是貓的探測照明
橘紅色的暖意,是嘴裡的甜甜圈
或是冬日裡發熱的太陽
不論如何,黑洞恐為宇宙的盡頭
吞噬掉思考

擦拭去記憶
甚至是食物或錢幣等一切物質
而讓我的日子顯得貧瘠
人情的行事曆上充滿荒蕪
日復一日批改著的筆一如扶鸞
無意識地動著，吸納　精　氣　神
因此總是仰望　羨煞飛鳥的自由
你的眼裡住著一座黑洞
無法讀出裡面的心情
而使人總是戰戰兢兢
深怕將自己送向毀滅
所以　決心要逃

以旅行製造違反引力的事
卻依舊徒勞無功
或許　總有一日
黑洞會將快樂
還給我

〈賴與不賴〉

用雲畫出一張郵票
將自己投遞到遠方
車窗外，初昇的太陽，將苗
種下，一畦畦的希望
建造，一幢幢的夢想
多想告訴你，今早
氣溫宜人，而手上的蛇蛻
銳利得可以勾破晨霧
向風借來一個信封
將千言萬語裝入其中

興奮著,我的語氣
多想告訴你,今早
夜鷺來了又走,如同昨日傍晚
那條忽卽逝
被染紅的夕陽。還有
漁港邊,風強
影子卻總是寂寞
兩個人無語
勝過一個人
坐立難安,只想
賴著你,以網
圍成一個個小圈圈

打造巨大的日月
星辰,那些寧靜黏膩
卻又忙碌的未知星座
遙遠的時空,銀河閃爍
千載難逢的流星吻過
一日竟如光年漫長

昨日傍晚,夜鷺來了又走
我們長了智慧,卻忘了曾經
曾經住在蠻荒洞穴中
需要花費與投遞的厚重
心意。也罷

發現新大陸一般
原來我一直
將思念,掛在線上
以虛擬且擅長遺失的方式

唉
相看兩不厭
唯有敬亭山
我以笑止住,告訴你
每天,只想賴著你
將思念,當面
訴說。

〈午夜場〉

以手指摩娑大提琴弧線的曼妙
以唇齒膜拜新生彎曲的蕉月
愛以火山的姿態燃燒著
在空白海洋的地圖上
企圖製造一座島嶼的誕生
那廣袤而未知的處女地啊
原始森林裡充滿神秘的咒語
自宇宙洪荒之始留下的
梵音　梵唄，吟哦著
最純正的元音

卻是那樣的欲拒還迎
瀑布雷霆而下
在極深極濃極黑的夜裡
複誦傳唱已久的歌謠
而千錘百鍊的名字
是金礦　是鑽石
哥倫布於是忍不住
扛起槍砲和旗幟
侵略　佔有——
巨大的煙塵
狂悖的聲響
岩漿冷卻成岩層

隔日 兩人以熾熱的眼神
採收大湖新生成的
鮮嫩……

〈廣場邊界〉

灰藍的天　　將山遠抹出一層
憂鬱
鋪天蓋地的哀愁啊
哪若紙剪的白鴿
倏地　揚起一片
飛絮
　　飄搖
　　　　迴旋
而後歸於平靜

又驚起一陣過敏
然　機車擾民

〈看不見的城市〉

刪去高樓
剩下鐵皮縫補平房
獨缺朝陽晚霞打卡

刪去百貨
剩下機械化如蟻來去之人群
獨缺秋風明月按讚

刪去霓虹
剩下綠地畸零草叢
獨缺星子螢火推文

於是

鐵軌展開手術　將

悶熱潮濕的盆地

寒暑分明的平原

多風撫觸的臺地　一齊

縫――紉――

然後不經意地

留下顯眼又面目全非的傷

疤

〈名畫物語〉

博物館，崇高的歷史殿堂
引人專注的落地紅牆
鮮血般的震撼
左邊
戴珍珠耳環的少女回眸
欲語還休
──幸虧，你找到我了
右邊
蒙娜麗莎噙著神秘的微笑
充滿曖昧的看著我
──是不是，有男朋友啊

然而我蒼白的生活應該是
中間　　那幅無聲的吶喊
啊——
啊——
啊——
優雅被我的尖叫嚇跑
我的內心顯得更加荒蕪
時間在指縫間流淌
晨曦混著光塵
塔尖，霧氣朦朧的教堂
睡蓮池，漾滿禪想。眼神一
飄

星期日午後的嘉特島
澎澎裙貴婦撐著陽傘
日光和微風輕拂她的周身。爾後
準時無誤的蒸汽火車撞進車站
三級車廂載我們抵達
深沉黑暗的曠野
寶藍色的星空滾動憂鬱的漩渦
眼前的那棵佈滿恐懼的黑影之樹
鬱鬱地燃燒著；
泥地裡，滿是我耗盡的體力
向日葵垂頭喪氣。
翌日，晚禱的鐘聲又響了
神諭的呢喃與祝福

太陽即將落下
我拾起滿地眢枯的眼神
如珍惜殘餘的麥穗
博物館，崇高的歷史殿堂
引人專注的落地紅牆
鮮血般的震撼
遼夐寂靜的展間裡落針可聞
淚滴跨越了幾世紀的厚度
聆聽你曾經踩踏過的跫音
只可惜
奧菲莉婭死了
但我卻還在這

〈春行街道〉

秒數縮減
趕路的小綠人緊張
睡蓮晨妝
玫瑰垂首
月橘歛香
沒得商量
驟雨細如絲
小葉欖仁撐著羽狀
粉嫩透亮的傘
春天啊 一步一腳印
用初生晴翠

書寫季節

木棉傾杯　盞覆宴盡
何人間情　拾花
拼湊出一顆香氣四溢的心
遙想林初埤的寧靜
鐵馬筆直
碾碎一地橘紅色的熱情
喧囂的燕剪裁過雨簾
趕路的車潮如鏈
糟糕　上班
又要遲到了

〈山經〉

百年巨龍盤山而上
蒸氣鳴笛起霧
伐木丁丁的過往
僅剩車輪轆轆
我們日以繼夜
跟隨風兒起舞
旋轉著腳步
進入，眾神管轄的國度
天亮前，摸黑
化身夸父

登上祝山之巔,我們
引頸期盼,灑滿世界的想望
再次東升——
金燦黃袍加身,風起雲湧
筆法流淌,七彩霞緞
天音騰空而來,我們
張臂驚呼,一如千載神木高聳
連接大地
呼吸清冽的甘泉
渴望宇宙的滋養

天亮後,沿途忽略指針的方向
黑鳳蝶停留在馬兜鈴上

薄霧輕紗，大地的宴饗謐靜如畫

仔細傾聽冠羽畫眉的歌唱

繚繞忘憂谷的溪水，姊妹潭的眼淚；

品嚐甘藍的脆爽，山葵的辣嗆

傾鼻嗅聞檜木的清香，一心二葉的好茶，並且

凝視孟宗竹林斑駁的淚痕，蒼老的皴法，評點

桃李成徑，山櫻紅豔，勁梅潔白，傳說是臺灣一葉蘭

哈莫抖落楓樹的果實，將善與惡藏於塔山；

長尾山娘噙回火種，藍天白雲日頭紅，和聲歌舞中

粟之女神與戰神

翩然降臨

天黑後，打開富含螢光的奮起湖便當

咀嚼漫山熒綠喧囂

愛情的真諦

短暫卻**轟轟**烈烈的道理

就連蛙群也唱和著

鼓譟滿天星斗佈陣。

恍惚之間,

我們都是徐霞客

努力持誦這卷山經

虔心祈禱為萬物生靈,再提起

如椽大筆,參悟大音希聲的絕美

大塊風景

如畫之山經

註：哈莫（鄒語：Hamo）為阿里山鄒族神話中的神祇,負責維護宇宙萬物運行。

〈探滿月圓〉

將彩虹裁成細碎的光點
回歸粼粼水波,最純淨的白練
無縫的天衣披帛
引領水濂下苦修的巨石
入定,逐漸將嶙峋
砥礪成圓滑。
環場的蟬誦不斷
喃喃地,在山林綠葉間
接力,渲染
國王驢耳的秘密

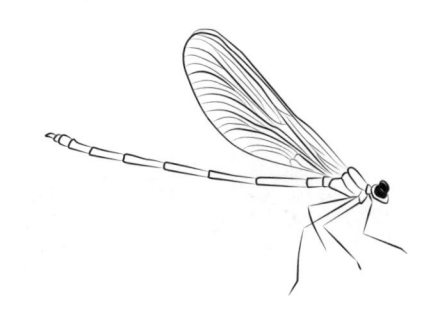

輕盈的蝶影
羽尾繫著舞鈴
在風中拖曳
散落蹁躚笑語
豆娘斂起機翼
優雅　停
　　　降
　　。
——石坪上
一根古樸的木簪

〈野柳〉

遇到日光便益加湛藍
那海,千億年前的呼喚
向我,揮舞著流暢的裙襬
在礁岩,如此輕曼
妳揮手,釣客揮竿
釣起薄如絲狀的雲
野鳥噴射過天際線
棕櫚樹瘋狂甩髮
朗日刺眼
海風和海水導讀著砂岩與頁岩
他們雕刻的材料

妳揮手,岬邊的女王頭、公主頭
豆腐岩老薑岩和
燭臺石
一一示現

(不絕於耳
孩子們天真卻自我的笑聲與
驚呼聲
同伴與零食是他們的全部
瓶鼻海豚的表演只是夢中的
碎片)

沙灘上，神秘的世界
也許，有鱟的殼蛻
綠蠵龜的足跡
貝殼的光澤
與海星的點綴
千億年前，亙古絕曠的生態系
隨潮汐，日昇月落
上演消長的爭奪
而如今，放眼望去
卻是滿滿的
吸管寶特瓶玻璃瓶塑膠袋

也許，千億年後

朽成外星人考古的寶貝

日光燦燦，野柳依依……

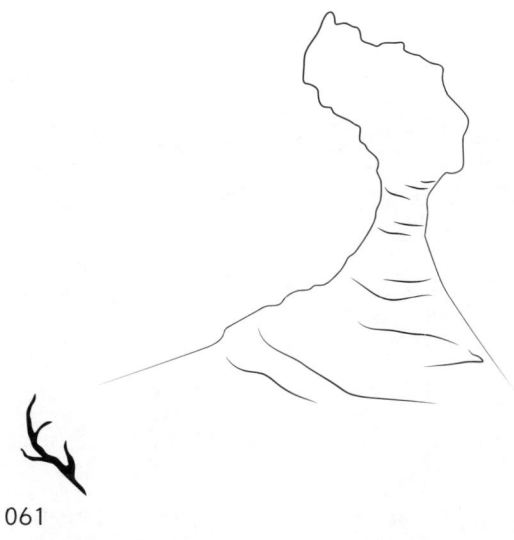

〈嘉明湖之春〉

結冰的湖若非遇見春風
水底的魚也無法穿越冬季
在水暖之時張嘴齊聲,崇拜溫暖
並將冰裂之紋,過濾成天使眼淚

藍寶石湛明透亮,沉靜而未醒
透過密林的陽光,是你的微笑
那些霧氣、碎粒、微塵,一一滅絕
在逆光中握手,邂逅萬年
與神諭的湖泊

呦呦鹿鳴,食野之苹
我啃食你的話語
引信般點燃我心中
那串爆竹

〈地牛殺〉

天黑請閉眼
地牛請現身——

島還年輕
但不夠貼心
悄悄在夜半
唱著驚愕的搖籃曲
幽幽的地鳴是白噪音
淺淺的激盪是腦內的狂想
然而我的心是那幢即將傾圮的華廈

所有的心情和語彙迅速

  崩落

成為腳邊那堆新落成的

  磁磚塔

島還年輕
但不夠貼心
指揮大聲的喝斥
力度不夠強
張力不夠大
這個小節的速度
應該要更快速一點
這首驚愕的搖籃曲

是亙古的曠世之作
各位,請認真一點
然而我的心是那幢已經傾斜的飯店
所有的夢想和生活迅速
成為腳邊那堆新形成的
　　崩解
　　　　瓦礫堆
天黑請閉眼
地牛請現身……

〈雨中街燈〉

那是提盞纖細的宮娥
將白日落成一夜婉約
萬種風情,光暈
烙印車窗
灑落紅磚
溶溶,濕潤
光滑絕非洗髮精廣告
而是主打鳳凰銜月
飛翔於城市樹梢,爾後
一呼
星雨既成

〈林園記憶 三首〉

一、春賞

綠樹繡藍天
櫻枝繡埕庭
李訊繡窗櫺
梅蕊繡方亭
春菊繡園景

這園錦
頑皮且輕盈
裏住孔雀寶藍的頸
在尾羽鑲成觀望的鳳眼

優雅且古典
在戲臺間迴響成
針針細密又深沉的跫音
牆上黑蝴蝶微微顫翅
如箏音瀲灩
綠頭鴨喙一啄
池中錦鯉染上雲的足跡
並吞下一座倒影,假山
迴廊宮燈綻笑顏
浮生若夢的幸福
從喜鵲尾羽掠過
從一缸萍錢映出

時間與古老的風擦肩
駐足樓前
瞧　聖旨碑縫中插隊的苔蘚
左邊才光緒初，轉眼
右邊已民國百年餘
明信片首日封
林園繡出一片
爛漫春錦

二、孔雀的庭園記憶

閨閣外的大千世界名喚庭園
五瓣梅花鑲成的囚籠
凝固了整身破敗的華麗
故,我的放風時間一如七夕

鞦韆上的風佔據
我任由影子搖曳
榕池裡有舟子晃盪
承載著天寬地闊的夢
伴隨錦鯉嬉遊的足跡
一些小調和軟語

睡蓮綻否?

每個早上,朝霧中

我持續探問綠肥紅瘦

雨後虹橋鋪滿惆悵的詩意

東風逗留

玉篸步移,菊花缺席

稻海波浪是我遙想的思緒

出將入相,回眸一笑

祝壽的大戲喝采連連

書屋汲古,燭光夜漏

算盤與帳本攻防奮鬥

圍牆內的大千世界

名喚庭園

三、**惜字亭**

雷峰塔一般
鎮住了泣鬼神的符號
在火的烹煮之後
白紙黑字已歿
所有的錯誤的不佳的無效的逾期的
都碎成飛灰與齏粉
但墨色的精神不滅
在春泥中守護即將
孕育果實的
花

〈南藝四帖〉

一、銅鏡廣場

晴空萬里,有鳳來儀
文鳥降落玄鐵大門
復在書卷牆上展開
金色的尾羽,陽光中
曳落知識的光點,如巧珠
切割曜亮的大理石。而我,拾起一心
菩提葉,植入菱花鏡的中央

二、**影像研究所**

窗邊的導演椅,只坐著影子在沉思
空無的落地窗,搬演綠樹的長鏡頭
畫架羅列著,期待觀眾的掌聲
生鏽的盤帶在過時的放映機上窒息
錄影帶蒙塵,躺在木箱中等待
更多的同伴前來
而我飾演闖入者,一個盜走寂靜的小偷
冷不防地,掉進立有手繪看板的
售票口。廁所上方
夢露與貓王對望
談論今天,時間凝固後的模樣

三、宿舍群

是誰,移植了浙江
那夢裡的水鄉
時間的跫音在迴盪——
慈谿與餘姚,三座石砌的古橋
九百年的光景,字跡已漫漶
不清,恍惚,宛在
水中央

是誰,又打江南走過
水袖如練,舞步蹁躚
鳳簫吹斷,水雲之間
琳瑯環珮,從口袋溢出

叮叮咚咚，啊，是詩句——
五色鳥敲響木魚，誦著陽光的經文
階前有苔，掩映門前瘦竹
石榴似燈，靜侍芭蕉無雨
合歡是扇，聆聽曲港跳魚
荷葉如舟，盪過月洞小橋
秋意欲來，唯有池魚知道
蓮蓬盡謝，爾今已是綠瘦紅瘦了
風動意動
枯黃的蝴蝶飛過，銅環之上
歸人的體溫盡寒。
然而我已懶得去追究，到底

是誰，如此好事
剪下我的影子
貼在平整的青石板上，讓我
煢獨一人
迤邐空庭寂寥

風動，意不動……

四、藝術長廊

陽光，是立體派
微風，是印象派
盆栽，是田園派
磚牆，是古典派
桌椅，是浪漫派
麻雀，是野獸派
而我，也想
自成一派……

輯二

〈最後──獻給末日〉

道路守著車輛
商店守著城市
咖啡館守著暫歇的旅人
ＤＪ守著聽眾
（她說，親手做的
最好）
一切，如是正常
午後的陽光仍然那樣溫暖
媽媽煮的湯圓
仍然在嘴裡融化
身旁仍然充滿孩子們的嬉鬧

情人們仍然在眼前親吻　溫存
手心仍然存在詩集的溫度
捷運仍然明亮
一切,如是正常
最後的一切,如是正常
風慶幸還能跟雲吵嘴
水慶幸還能跟山長舌
茶慶幸還能沉思
玫瑰慶幸還能被歌頌
你,慶幸最後
還能牽手
還能盼望在醒來之前
枕旁有他

〈清明狂想〉

鬼們都醒了
排隊提領集中
焚燒的紙錢
鬼差因工作量暴增而憤怒
──是不是，也該電子化了？
觀音山的石材在此集合
清代的　大正的　民國的
銀同的　金山的
排隊的鬼們八卦著
──聽說咱們以後

也會因都更而
無家可歸
風聲嘈嘈
這下,不只鬼差
連排隊的鬼們也切切地
化作團團幽綠的火焰

〈春雨夢迴——致歲月〉

噓,請小聲,別打擾脆弱的美夢
那一年我們十二歲,最後一天穿著粉紅色的吊帶裙
準備向籃框邊的羊蹄甲揮手
向鯉魚噴泉邊的蚯蚓道歉
向操場邊的木棉樹道別
瞧,橫跨跑道兩端
那一道低壓的幾近透明的彩虹
像神聖的琉璃,伸手欲觸卻不敢
反倒是蜻蜓,我們追著跑的戰鬥機
已飛上裝飾

噓,請小聲,別打擾安靜的美夢
那一年我們十五歲,最後一天穿著水藍色的水手服
準備向青澀道別
瞧,在兩棟樓之間
那一座傳說的有阿飄的榕園
像一個時光寶盒,在霧裡,伸手欲觸卻不及
樹下的木椅、畫架、談笑、儀典
餘音餘溫殘殘

噓,請小聲,別打擾難捨的美夢
那一年我們十八歲,最後一天穿著天藍色的薄襯衫
比賽誰領得獎多、分享誰將去向何處
(課本都可以丟了)

菩提樹下，石獅子前

沾水筆還流淌著墨

所有的瘋癲逐漸淘洗鎏金。

在土崩瓦解、新樓矗立之前

我們早已熟識

如今卻也成了

幾十年的故人

噓，請小聲，別打擾建構中的美夢

那一年我們二十二歲，第一次穿上黑色的學士袍

榕樹下的相約舊了

從今天起，世界越來越廣闊

越來越不知所措

唯有文學與箏音
是亙古堅固的磐石。
在百年菩提樹倒下之前
我們早已熟識
如今卻也成了
十幾年的故人
噓，請小聲，春雨又來了
我們的美夢，才正要開始……

〈三角關係〉

西風再也忍不住地說：
「有我在，你就是個騙子。」

日光並不反駁
只是溫吞地離開
浮動的樹的影子
渲染於招牌
深淺不一，佔據半壁江山
他黯淡，掩抑心聲：
「終究，還是需要涼冷
精悍的妳，協力完成
這更迭迴環的動畫。」

於是，柏油路上
遺落一幀薄弱的
寂寞剪紙
至此
日光流浪，不再高大

輕嘆一聲
雲張開棉被一床
不等西風反悔
溫柔的包裹
將逐漸失溫的日光
擁入懷中

〈晚霞時刻表〉

十八點零八分
開往大暑的自強號
在第一月臺即將出發
尚未帶著七分紫羅蘭
三分話梅紅的天幕
請盡快暈染臺北這
悶熱龐大的　盆地

十九點十五分
開往長夏的平快車
在第二月臺就要開了

還沒擁抱海洋漸層的歸鳥
請盡快收藏
一路自沙灘漫向深海
難得湛藍的　晚霞

〈午夜網上〉

像螢火蟲　臉上的
書　　越晚越發亮
佔據一方地域
暴露訊息而交流
所有龐雜情緒　心情
　　　行蹤　　品嚐
皆成為狩獵的美饌
餵食心中那頭好奇的獸
不饜足的齧
似真若假地

於是　這廣大又復育成功的生態系
在大爆炸後
一顆顆亮著的恆星　是
自閉卻繁華的都城

〈雨落嘉南〉

百二時速的風景,車窗外
飛掠。一汪汪水田光著頭
如鏡,映照三百公里外的
鄉愁
墨色山脈,颳起
斜風,雨落 落款
車輪轆轆,自強
不息,於軌道。
敲打樂的節奏,車窗上
雨落 落款
一峽經咒
一幅狂草

〈老街初晴〉

以磚為血肉
水泥為筋骨
雨後如新,這老街
賦閒已久的野草不再鬱悶
弦下涓滴著的泛音
磨出長巷境底長長長地
桂花香氣
縈繞後散逸

紅磚牆提出證明
二胡逐漸瘦去
亡佚的影子
這老街因跫音微響
不再淒清
而是沉靜

〈推理小說〉

文本總是互通有無,因此
我們模仿偶像劇
剽竊一切作案手法
例如以唇逡巡一張臉
以舌撬開齒縫的鎖
以手繩綑綁背脊
以旋轉佈置現場
或閉上眼睛
　以軀幹　在牆角
打造一間密室

求救的訊號派不上用場
所有的線索都指向
霸氣且溫柔的個性是幕後黑手
光線昏黃,在床單上畫出人形
兩副相擁的軀體已經僵硬
拍下親吻的角度與部位
鑑識報告指出
唾液中含有撒嬌成份
血液中含有過多情話
皮膚上的紅斑是興奮
過度的證明
放大的瞳孔是狂歡
至後的結果

而最致命的死因
是「我愛妳」太過尖銳
刺入心臟,一刀斃命

費盡千辛萬苦
從密室逃脫
最後一天尖叫著
招牌燈光如此燦爛
你忙著,具備不在場證明
而我允許你忙著,成為掩飾
鞋壞了的幫凶
右側公園一片漆黑,適合犯案
巨大的寧靜是凶手

目擊者,我毅然
挺身而出
獨自指認滿街寂寥
寫下新年快樂的死亡訊息,我想
該以擁抱,或者親吻
結束這回合

〈候車亭〉

一石英,一雲母
晶亮糖粉灑於地磚
化為流光
隨川流的車燈,如冰霰
四散鑽石星塵

〈每月特調〉

體內的那只咖啡壺
在加入原料後,總以虹吸
特調出冰滴的
血腥瑪麗

〈流蘇〉

視線隨日光洩下,一如妳名
天生的女角兒
總愛一身出塵之色
面具背後的眼神 高雅卻
神秘的透露:
未若柳絮因風起
花非花,落入凡塵的
是四月裡霰下的糖霜
密密的十字錦
精心針黹一顆繡球

再以雀般靈動的指
如補天之煉石,向晴空
高擎——
紗質的披帛隨風
又是一記倩笑
舞著的腳尖一點
千萬樹梢頭,便漾滿雪花
浪漫得　無以復加

〈阿勒勒〉

初夏,樹梢
妳是西域來的金鍊奴
隨風狂舞
盈盈纖腰,蛇般嫵媚
在木卡姆音階的神秘中
曳落清脆的鈴鐺歡笑
飛天飄逸
琵琶反彈
天女梵唱
高溫乾燥,瘦了月牙

金黃葡萄流出乳與蜜
妳的胡旋,隨手鼓加速
如粉塵,如流沙
煙花簌簌地洩下
烈日在上
妳的金鍊使成長鞭
囚住駱駝行旅
在初夏樹梢,狂草

〈春日油彩〉

一、羊蹄甲

葉脈是思路
一顆顆急切的心
懸掛樹梢,綠得透明
如同池中之荷,那風雅的顏色
擎起一片藍天
桃紅的花瓣張開千手千眼
宣示春天已到任就職
余謹以至誠
從今,爾後
我是春日油彩的化身

他日,將在失眠之際,於你眼中
印上羊蹄之印

二、**咸豐草**

路旁,腳邊
總是沉默的配角
沉默的張開白色航舵
詢問微風的去向
其實,你並非如此低調
在枯萎的心中,蘊滿憤懣
拿著帶刺的筆尖,倏地
像恐怖情人
無聲無息地跟蹤,旋即

擱下詛咒──
別想
丟下
我

三、馬纓丹
美麗卻危險
磚砌的行道矮臺
你百無聊賴，曬
日光浴
偶爾向人推銷
春天最燦爛的景致──

小姐,不好意思打擾
這是最新鮮的日光,
要不要試試?
先生,請問一下
要不要嚐嚐
我們的清新雨露?

而我總低頭走過
避開你那魅惑的眼神
因此,你加強行銷術
用黃澄澄的花容,烈日一般
佔領整座城
長達整個春

四、紫藤花

菟絲附女蘿
傳說亦如是
為情生,為情亡
你披著如瀑長穗
於古樹
於棚架
不顧一切的潑灑
春日絢爛的油彩
呼啦
整座宮殿震動的風鈴聲
曳落
紫色的

藍色的
粉紅色的
絮語
一句
兩句
逐漸編成一座
浪漫的雪山隧道

〈何物〉

01
我狂悖地想你
如同地表上最完美的
風暴

02
穿梭了一億光年的距離
我終於來到你的星系
歸化成你所擁有的行星
衷心希望，你對我的熱度
永遠沒有白矮的一天

03

埋葬上一段感情,在
兩億五千萬年前的世界
卻因地殼的叛變
　　雨水的幫腔
而躍然紙上
我必須指控
考古學家們有罪,他們狠心
解剖那些森白的骨骸
想重建那曾經流過血管的
殷紅與熱情
實在是,怵目驚心

輯三

〈深夜ＤＪ〉

她吸取墨藍的天色
盡責地熬著那鍋濃厚的夜
街上夾道的招牌燦燦
忘了下班
卻寂靜得，透漏孤獨的眞諦
ＯＮ ＡＩＲ紅燈亮起
她在音軌上游移的手
將夜行的車輛編織成
自己星空的譜系
行星兀自運轉
衛星心事重重

她聆聽星子哀傷的故事
充當療癒的心理醫師
在容易感傷的節慶前夕
燃起紅泥小火爐
烹星子晶瑩的淚

她汲取墨藍的天色
熬煮濃厚的咖啡因，終究
絆住了時計的腳步
凝固了星子的永恆

ON AIR紅燈，在天亮後
熄滅。

〈創作者〉

連身的工作服
是火紅的消防栓
潑灑降溫的甘霖
明滅星子的生死與
油漆刷的獨白

伏案的眼鏡
是敏銳的感應器
偵測升溫熱情
增減臉上的喜怒與
繁體字的舞蹈

思緒如煙
時間如流
那雙工作的齒輪止不住黑夜，於是
趁月光正好
漂洗靈感的薄紗
摘採參差的荇菜

月光正好
守門的繆思攔問身分
而那女子逆光，指著沙漏：
作者如斯
不捨晝夜

〈衣魚〉

鎖在象牙塔裡的
那隻書蠹
啃食著僅有的存糧
試圖將自己
昇華成斜躺的眉批

牠游著　啃著
卻不明白，他者
為何寫遍字裡行間
課本裡的生字　部首　筆劃
字典裡的詞目　造詞　例句

來到稿紙，那綠油油的田埂面前
卻只能嘆出
真空的空白

牠碰撞，自辯
將大地思考成極絕的象牙白
卻還是不懂，他者
若汙點的癥結

字音　字形　字義
發音　語言　文化
湧流至銀色的大海
牠悠游著　字裡行間
捍衛那斷層的知道

捍衛那僅有的
銀尾灑落那知識光芒的粉末
牠游著,擁護著
行間字裡行間
美好的塔壁
天河悠悠
　幽幽
牠仍試圖將自己
凝固成眉批的眞諦

〈李白亡佚〉

我送你一首即將亡佚的詩
在這淒厲的颱風天裡
盼你捧在手心
裱褙珍惜
大雨過後
你卻在泡過水的大街上
拾獲亡佚的詩
而突然驚覺　原來李白
僅是溼漉漉的宣紙一張

〈午後驟雨隨筆〉

是誰,執一竿長篙
戳破了金瑤仙池
銀河傾洩,鵲鳥四散
電母與雷公異常地憤怒著
銀亮的鎂光,懾人的聲響
孩子們尖叫,哎呀我家門前有小河
穿起雨衣,涉過積水
放學。

排水不良的詩詞金句泉湧出來
而那盞清茶仍不受驚擾
八風吹不動

香水百合盛開著

清雅縈繞,在書冊

箏音迴盪,室內真空

龐大的寧靜是禪

一幕精彩的戲

雨過

平靜。

屋簷下,掛著一串

泛音。

〈南瀛方誌〉

東方神州，瀛海記遊
鯨魚在遠方守候，吐出
巨大的夢，擱淺在沙洲
扁舟在內海裡漂流，期盼著
登岸，將故事化為文字
在史冊中璀璨，淹留

我們都是逐鹿人的後裔
四百年來，追尋安身立命的夢土
構築可歌可泣的詩篇
紅毛人張帆前來，帶著神的旨意

斑斑梅花落盡,歷史的跫音
遺留在夯實的古城牆中,等待　風化
接收。
鄭氏的大纛獵獵,描繪
娟秀的小楷,四書五經
桃李的恩澤廣佈
溫柔。
之後我們剃頭,編起髮辮
學著膜拜聖母,學著建立家廟
刀械的鏗鏘
阻擋不了煎煮炒炸的勢力
柴米油鹽漸漸交融

日昇永晝，半世紀後才日落
異國的歌謠在櫻花燦爛時傳唱
如血一般，將士出征前的訣別。我們
藏起拼音的臺語報，穿上偽裝的和服
往神社參拜
學著報讀標準時間
學著逛街野餐
學著在咖啡廳裡
隨黑膠唱盤旋轉
旋轉出，火車與高鐵的紐帶

北回歸線以南
海淚的結晶堆積如山
淡忘了許多鄉愁與苦澀，如今

我們都是黑面琵鷺的夥伴
日以繼夜，在水之湄，追尋
安身立命的夢土。
君不見蜀葵迎風矗立，如密林深深
咖啡袖珍玲瓏，似寶石誘人
河床孵出西瓜與哈密瓜的甜美
空谷幽蘭舞著蝴蝶的語彙
草蝦在塭裡遙想龍宮的滋味
虱目魚與烏魚辯證著黑白是非
而熱帶的豔陽帶刺
我們於是迷失
在紅樹林編織而成的亞馬遜
遊艇在綠色隧道裡逗留

東方神州,瀛海記遊
山的記憶綿長
海的傳說亙古
逐鹿人的後裔也好
黑面琵鷺的夥伴也罷
我們遵循時光的軌跡
隨著齒輪蛻變
在這裡,預約未來的史冊
烙印下文字
告訴來人
我們的故事
永遠存在

〈詩〉

一塊嫩白整齊的豆腐
切碎了　淋醬
加上皮蛋點綴
　　肉鬆修飾
涼拌成一首
現代詩

〈詩裔〉

一、

自倉頡以來
我繼承了牧者衣缽
這驚天地泣鬼神的任務
在如牧笛的筆下
生長成一隻隻肥碩的
方墨字
於廣袤且沃腴的草原上
排列成一串串難解的
麥圈圖象

二、
曾有人問道
是誰傳下詩人的職業
在掌孤燈的夜裡漂泊
我聽見江裡的屈原搶著回答：
要不是懷中石頭太沉重
世上怎有以筆為戈又
喋喋之人？
那樣的不休
不休
定世紀為記年刻度
奮力地鑄造
燦亮崇高的
無官御史臺

三、
我拾起魯班的工具
以字為磚
以情為泥
佐以巧心
虔誠砌起篆籀一路
詩的堡壘
於是,世上至此
再也無懼孤獨風暴
狂肆來襲

四、
李白斗酒詩千
劉伶於酒肆打地鋪
而我向二人舉杯
一口飲下眾詩句
如同企欲買醉之人
在最後一盞燈熄滅後
店小二拍拍我的肩
「嘿，打烊了！」
瞌睡蟲打了個酒嗝
溺斃於文字翰海中

〈實驗之作・相反詞〉

（一字部）

旦 夕 禍 福 陰 晴 圓 缺

朝 夕 晴 雨

（二字部）

潮濕
乾燥
平和
煩躁
快樂
憂傷
糟糕
美妙

（三字部）

他很吵　詩很大
她很靜　詩很小
我很乖　詩無用
你很壞　詩有用
樹很高
花很矮
月很胖
雨很瘦

（四字部）

早晨很亮　版洗很快　小孩很睏
夜晚很暗　車開很慢　大人很鬧
妹子很香　樂句很濃　學生很瘋
肥宅很臭　情緒很淡　老師很狂
臺灣很□　背頸很硬　幼獸可愛
日本很□　身段很軟　怪獸可憎
　　　　　壽命很長
　　　　　戀情很短

註：中華隊於11月24日以4：0完封日本，勇奪2024年世界12強棒球錦標賽冠軍。□留待填空

149

（五字部）

電視很無聊
網路很有趣
桌上很乾淨
房間很髒亂
東西很擁擠
心情很開闊

（六字部）

動物園很過動
植物園很安穩
橡皮筋很緊繃
鬆弛劑很放鬆

連續劇很動人
驚悚片很嚇人
八點檔很荒謬
記錄片很真實

太陽能板很暖
四肢手腳很寒
泳池冰棒很夏
雪人火鍋很冬

（七字部）

二十四小時很閒
三六五日子很忙
光合作用很認真
雷公電母很偷懶
風花雪月很短暫
執子之手很悠長

輯四

〈霧裡觀城〉

清早,眼下籠罩濃密的烏雲
我們踏著喪屍般的步伐
前往該去的地方
街道無聲,未醒
傘影竊竊私語,依偎著取暖
潮濕是鐵軌
無止境漫長
我們的心情沒有修辭格
橋下的漣漪滾燙地喧騰著
像標準答案ＡＢＣＤ無盡的輪迴
(據說,職業病是板書肌腱炎)

河,攪亂了清澈的眼
霧來鏡片上停佇
所有的光朦朧迷惘
車燈前無所遁形的細雨
赤裸而無助
一格格車窗網羅水滴
書寫篆籀
書寫昏昏欲睡的,城市的眾靈
我們踏著喪屍般的步伐
回到該去的地方
螢藍耶誕燈群,故作樂觀
笑看夢裡汴京繁華

而身是客
至於長安那一片月,無主
渲染天空並碎落今世
成數十個射不盡的
暈黃水晶
──何時,練就的分身術?

霧來,雨來
眼花,城市分裂
街道無聲,久睡未醒

〈D村的大洪水〉

狂悖的低氣壓賴著不走
滿月的高潮堅持不下
溪畔平原成為孤島
成為一個
舀不盡的大臉盆

如果今夜,屋裡有海
所有的記憶都將淹沒
屋簷下的瀑布歡唱著
擴充水的領土,行,
亦如逆水行舟。
青蛙也十分亢奮

唱著齊唱　重唱　大合唱
謳歌與水的奮鬥,是爭取平衡的高度
我以床為舟,承載著夢
承載著忐忑的心。
所有記憶都將重整
電腦患上阿茲海默症
珍藏的華服成為破布
背不完的樂譜爛成紙漿
文稿漫漶成空白
如果今夜,屋裡有海
孑然一身,拎著行囊逃難
卻是無所適從的逃無可逃
溪畔平原成為孤島

成為一個
回憶裡的大瘡疤。
清晨，迷濛的睡眼將後照鏡
望成兩隻白鷺鷥
中午，混亂的消息一如濁水
公車連休三日，無奈不已
軍用的卡車得到特赦
輪胎掀起黃浪滔滔
夜半，救援的橡皮艇終於
儀式感的姍姍來遲

北冥有鯤，水裡有鱷
黃水底下藏著諸多險惡
陳年的垃圾　屍體　漠不關心

慰問是虛無
所有的浮誇與想像都是事實
爬上腳踝,泡在水中的搔癢與皺褶
抽水馬達哀哀的運轉,將壞不壞的欲振乏力
裝飾用的防水閘門初登場
人們趁亂打劫叛逃的虱目魚
成為中元節配泡麵的加菜
我們以桌為舟
邊吃,邊討論
新聞輪播裡那位妝容精緻的正妹
踏著水,穿著雨筒靴,
返回鄰鎮探親
北冥有困,水裡有惡

D村,默默無名,默默無語

空拍機沒有來

影片沒有拍

沒有人知道這裡。

潮起,水神來到

潮落,瘟神降臨

那艘載夢的小船

也許,名叫

諾亞方舟

如果今夜,屋裡有海……

〈雨音〉

潮濕的盆地中心
老榕樹的背後
我們偉大的發著白日夢
略帶羞怯的樂音是綿密的細語
在傘下,棚下
滴滴答答的歌唱
有時,雨絲涼拌
有時,大雨快炒
生吃音符的快感
只有知音方能消受

〈歪腰郵筒的獨白〉

其實,偏頭並非自願
而是在風雨交加的夜半
被扛棒襲擊之結果
病名叫頸椎骨折
人們卻以為我哲學了起來
能夠晉升牛頓沉思之流
頓悟蘋果墜地之定律
然後在街樹淸空後
排隊
模仿我受傷的樣貌

病名叫脊椎側彎
人們卻以為我超人了起來
能夠身兼心理諮商
療癒他她或牠
眾多的不平
甚者化身財經顧問
承擔銀貨之暢通

唉,要我偏頭也好,歪腰也罷
但我苦惱的是
長期斷糧之危機
偏斜三十度的天空

我懷念的
是滿腹思念
雪片飛舞的山丘榮景……

〈金魚〉

真空的幫浦有著規律的心跳
透明的上升的氣泡，不斷
如同十顆太陽與月亮
吞吐晝夜的模樣
玻璃缸倒映夢的細節
幻想著比井底之蛙快樂一點的幸福
一朵鬱金香，鏡面的顏色
透露顧影自憐的真諦
絮語附於水面，無人能參透
心思懸浮綠菊上，輕得看不見
小橋流水，構築珊瑚一般

世界的想像。

張嘴欲語,飼料卻雨點般落下

吞吐之間,耳邊水聲隆隆

錦繡華服漾開波瀾

盪起缸底的沙塵暴

你的指尖帶領視線舞蹈

一、二、三

恍若精緻的圓的迴圈

無境嗎?永恆嗎?

但我僅用七秒的時間

記得你,然後忘記

〈失〉

當文字夢囈
句讀亡佚
語言歧異
發表噤聲
整個城市淪為一座真空
捷運載著虛無
空洞無神的皮囊
眼神頸椎定格於行動螢幕
秒秒餵養著別人的優劣悲喜
刺激一顆顆麻木不仁的心
不好意思　借過一下

軀體在牢籠間移動
每天都在挑戰
密室逃脫

當時間地點行為兜不攏
曲調節奏不和諧
便成為瘋癲的真實
真實的故事在敘說的過程中成為虛構
夢裡的情節與情感擷取自現實
一切的擘畫終究是場泡影
計畫總是在寫下的那一刻
就完成了

天黑了　他在大街上說著　罵著
天亮了　她在公車站舞著　哭著
而你我冷眼推測架構一切
用自以為是的情節
寫自以為是的夢囈
我們　醒著　也睡著
睡著　也活著
用永遠充不飽的電力
破著永遠重複的關卡
不好意思
借過一下

〈觀星記〉

多想躺下
在頂樓冰涼的磁磚地
鋪上浪漫
欣賞你所豢養
如數家珍的天幕
指尖，冷綠光雷射
訴說滿天星斗
你攤開捲軸
親暱地喚著他們
曾在課本裡現影的學名

並且分享天文界
一籮筐的趣談
於是,星子們報以幾光年之外
那份執著的定位

頭頂,守護冬季的大三角
獵戶腰帶三鑽並列
天狼星閃耀睿智眼神
左側,黃道上
雙子成北字對坐
巨蟹圍成梯形
右側,仙后五星敲響
北極星恆定的大門

爾後舀起一瓢
神諭的甘泉
瀉下似水記憶
奔流成天河
滔滔地,像初識奧秘的
興奮心情
霎時,木星
燒得通紅

今夜,星圖失效
指北針迷航
你專業得,譬若北辰
帶著牧羊人的智慧

在我夢中植入
熠耀晶片
夢裡,東方
高鐵列車夜行
載滿殞落流星
駛過……

〈糖砌之城〉

磚牆爽脆如餅
糖霜閃爍,似琉璃
螻蟻一般
我們仰望城市,張大驚訝的嘴
以為是夢想的伊甸
能夠生存,以觸角相認
棉花糖白雲悠悠
巧克力色的車輛匆匆
三明治做成的路障
難以跨越

都市與鄉村,年歲與經驗
那座果汁流成的河
製造黏膩且巨大的寂寞

仰望大樓
像渴望火把冰淇淋
我們舉起節肢的腳
向上攀爬攻頂
卻不慎淹沒其中
七彩的土石流奔騰
又一座龐貝形成
錯落的水果塔

各種名諱的咖啡與茶
我們張大嘴，練習發聲、練習判讀
練習攻防
追求溺斃的快感
甜膩的蜜糖，窒人的誘惑
惡毒的話語，爆發的毒藥
何時才能榮辱不驚
如見一片秋葉墜落泥土之凋零
撿拾詮釋殆盡
且破碎的字句
帶回巢穴
等待下一季的腐爛

糖砌之城

沉默是金

〈孤身旅次〉

也許，還是太高估自己
療傷與遺忘的功力
縱已事過境遷　仍是記得你
是個達成目標　卻失卻承諾的人
迫不得已　才一個人踏上旅途
復古的車種　神秘的小站　逐一的
我
試著與風交談　陽光共舞
試著與海傾訴　傾倒無境的孤獨
試著奮力攀上亂石巨岩　無人攙扶

試著將一對對依偎的儷影　視若無睹
試著發出鐵達尼的求救訊號　卻總是未讀
白浪擊岸　碎成粉身的　執著
列車到站　在鐵花村的日式建築裡
我又想起你的誓言
如今竟只我一人實踐
所有的照片　瞬間迷失於資訊洪流中
安靜得無人過問
原來　我們的過去　是這樣渺小
像隻螞蟻　不堪一提
窗外的失戀情歌很苦
桌上的蜂蜜檸檬很酸

夜裡的熱氣球燈　很亮⋯⋯

（算了　不說了

反正你也　聽不到）

世上　真的會有朋友情人家人　三位一體的生物嗎？

會不會找個假人　操演沙盤紙上

是比較輕鬆愉快的事？　青旅外

雨落　沖刷我的疑問

隔日晴　得證

在我□你的句式中

動詞不是愛

而是養

退房　我拉著行李　叫車
雖然完成名義上的復仇
卻還是期盼有個人
能給個方向

〈我們寫詩消費愛情〉

她習慣寫詩
風格綿密迴盪
有時包裝成神話
隱喻冬雷震震夏雨雪的誓言
有時編織童話
築出夢幻的千年城堡
但更多時候是傷疤
訴說曾經輝煌的過往
訴說前前後後　往來的探戈
——有人將過去埋在院子相思樹下
有人清空租賃的巢穴

有人煲著人生湯

而湯的濃度

以數十年計

電視裡

男女主角吻成定格

那些清新浪漫的劇碼

卻與現實絕緣

我們不是編劇　不是導演

但喜歡在茶餘飯後討論身旁的情事

然後嫉妒的高呼去死去死

桌上散亂的瓜子殼堆

不管是她的傷痛還是她的想像

愛情　在買斷版稅的那一刻
便死了

她寫詩的風格
喜歡綿密迴盪
我們寫詩的風格　大眾化的
無法成集
只能刷卡
或者付現
消費愛情

〈宴・遇五帖〉

一、麻辣魚唇

噘起魚般柔軟的唇
你輕輕一碰,三秒鐘
就將爐火點燃
麻辣的湯頭於是沸騰
但是,聽聞你怕燙
我們只好追加冰塊
中和太過刺激的感覺

二、**燕窩**
陳義過高

懸在屋簷下的泥巢
裡頭承載著水靈靈又
黑白分明的
脈脈情意

半透明的稠狀珍寶就要蒸乾
你的眼神是對活火山
熾熱地覷覰著
我俏麗如燕的
眼窩

三、滷味拼盤

輕輕一碰,三秒鐘
濕潤的滷味收了汁
鎮壓完靈動的舌
再來品嘗你
圓潤如珠的耳朵
如果,再撒上一點
筆直的三星蔥
拼盤一定
更加銷魂

四、紅龜粿

古老的技法快要失傳
木刻的精緻粿模難以操作
幾千萬個才成功
我們塗油、包餡、壓模
以現在流行的3D
列印，製造出一個
像你的復刻版紅龜粿

五、髮菜湯

輸出大於輸入

還是無法將煩惱斷捨離

一絲絲掉落

一絡絡累積

像在蒐集落葉

她以青春歲月

煮成一鍋

免費的

髮菜湯

〈家務分工手札〉

一、晨喚
在你的臂彎裡醒來
像烘乾過後的衣物
溫暖且
滿足

二、維修
唉,都怪我們
不經意對上的雙眼
害得保險絲啪地
罷工

噢,橡皮手套給你
我怕電

三、午餐

想要維持苗條
就只有共桌而食一途
這盆生菜沙拉
　鐵板牛肉
和一尾紅燒
最好你一半我一半
然後小心護送盤子回
那小而見方的港灣

四、晚安

嘿,別亂啃　我的
眼睛絕非魚目
脖子則比雞粗
臉皮光滑勝過豬
休想繁花盛開
明天九點前
還要打卡啊

〈愛情魔藥〉

一、紅棗

比相思大一點,我的血液
太濃烈,皮膚於是
深紅了起來
比相思大一點,我的核心
太尖銳,耳朵於是
發癢了起來

二、當歸

雖然,城市車水馬龍

雖然，夜晚酒綠燈紅

雖然，你同蜜蜂匆匆

但，我香甜的

蜂蜜，該回家了

三、茯苓

在外，你呼風喚雨。但

在內，我親愛的答鈴、

達令，你是乖覺的寵物

臣服於我的腳下

服從我的命令

達令，答鈴，伏令

四、蓮子

總是心疼於我
視線以我為太陽
凝望我的臉
是否又蒼白了起來
凝望我的眉頭
是否又充滿煩憂
憐子啊,總是苦心

五、薄荷

石榴還豔紅著,然我
是清透的薄荷,淡雅的
綠色,浸入茶中,染了一裙
夏。

六、薏仁

總透過你雲母般閃亮的眼，去臆測你的人

你的心，是否還屬於我？

七、人參

瞧，那滿天的星空
蟋蟀唧鈴鈴的伴奏
參與商，遙遠對望
幸好我們，相依看星
享受那甘平，微苦的滋味
人生，有你便足矣。

八、菊花

半夏已過,轉眼成秋
陶隱士的東籬
農場已採收。

不再執著哪一瓣
是愛我不愛我,
因我明白,你心昭然
如這一朵朵晾乾的
太陽,依舊完整且
熾熱

沖入熱水,我們釋放

對飲
對弈

跋

知音碼頭

山腳的燈收編了漁火
河換上夜的面容
自彼方　山授意的
歌聲　　那樣清朗
連夜風都無力消受
遭鞭笞一般
一路吟哦　喊痛
瀲灩而來
我們在岸邊燃起篝火
如同賣火柴的小女孩

焚燒詩稿取暖
鏗鏘的柴火劈啪作響
朗誦著最後的音韻
拉滿弦的月亮掛在那株
寧靜欲滴的樹梢上
淌下了清冷的
月之光華

歌聲在碼頭邊停止
那人下船　上岸
帶來一塊精心挑選的玉石
向我們探問：
有詩，買否？

途經一座流光嶼

作者：迷花鹿
執行編輯：楊云萱
特約編輯：粘鈞婷
實習編輯：陳佳琦、洪妙淳
美術設計：邱詩媛
行銷企劃：劉賾菲、楊紫蓉
電子書製作：游錦斑

出版：天河創思出版社
總編輯：陳巍仁
發行人：郭玲姈
社長：陳詠安
地址：320 桃園市中壢區莊敬路 829 巷 63 號 6 樓
電話：03-285-0583
信箱：milkywaybooks583@gmail.com

總經銷：紅螞蟻圖書有限公司
地址：114 臺北市內湖區舊宗路二段 121 巷 19 號
電話：02-2795-3656
傳真：02-2795-4100
信箱：red0511@ms51.hinet.net

出版日期：2025 年 1 月
版次：初版一刷
定價：380
ISBN：978-626-98280-3-6

國家圖書館出版品預行編目（CIP）資料

途經一座流光嶼 / 迷花鹿作. -- 初版. -- 桃園市：天河創思
出版社, 2025.01
212 面； 14.8 x 21.0 公分
ISBN 978-626-98280-3-6(平裝)

863.51　　　　　113020832

年表

〈途經一座流光嶼〉 2024／12／12

〈實驗之作〉 2024／11／28

〈D村的大洪水〉 2024／10／31

〈南瀛方誌〉 2024／10／30

〈山經〉 2024／10／30

〈野柳〉 2024／5／10

〈林園記憶 三首〉 2024／4／30

〈衣魚〉 2024／4／27

〈雨中街燈〉 2024／4／27

〈名畫物語〉 2024／4／26

〈清明狂想〉 2024／4／24

〈地牛殺〉 2024／4／23

〈最後——獻給末日〉 2012/12/21

〈霧裡觀城〉 2012/12/11

〈我們寫詩消費愛情〉 2012/11/19

〈知音碼頭〉 2012/11/11

〈看不見的城市〉 2012/10/3

〈雨音〉 2012/9/14

〈晚霞時刻表〉 2012/7/10

〈李白亡佚〉 2012/6/20

〈午夜網上〉 2012/4/28

〈老街初晴〉 2012/2/29

〈詩裔〉 2012/1/21

〈家務分工手札〉 2012/1/21

〈廣場邊界〉 2008/12/27

〈詩〉 2006/6/5